Herstellung: Libri Books on Demand
ISBN 3-8311-0051-9

Heinz Hörberg — Weil wir nicht so sind, wie wir sind...

Heinz Hörberg

Weil wir nicht so sind, wie wir sind

Texte
gegen
geistige Immunschwäche

Heinz Hörberg
1918 in Ammendorf bei Halle/Saale geboren.
Schulbesuch bis Ostern 1936 (1931 - 1936
Zögling der Waisenanstalt in den Franckeschen
Stiftungen zu Halle/Saale), bis 1939 Sparkas-
senlehre, April 1939 bis September 1947 Ar-
beitsdienst, Wehrmacht und englische Gefan-
genschaft, anschließend bis März 1951 engli-
scher Dolmetscher, Juli 1951 bis September
1979 Verwaltungsdienst.

Bedingt durch seine Erziehung in den Francke-
schen Stiftungen, die zu den besten und prä-
gendsten protestantischen Einrichtungen zähl-
ten, und seine Kriegserfahrungen versteht er
sich als Protestant im ursprünglichen Sinne die-
ses Begriffes, sowie als Pazifist und Antimilita-
rist.

Seine Vorliebe gilt dem zeit- und sozialkriti-
schen Gedicht — einer »Lyrik zum Anfassen«.
Er versteht sich als Dissident, wie er das auch in
einem seiner Gedichte bekannt hat, und sieht
sich als solcher zwischen den Stühlen sitzend
und von Verlegern gemieden.

Veröffentlichungen bisher nur in Zeitschriften,
der Anthologie »Lübecker Lesebuch« und im
»Lübecker Literaturtelefon«.

»Heinz Hörberg erwies sich als eine der kraft-
vollsten dichterischen Begabungen dieses Krei-
ses und griff mit seinen Versen mutig in eine
Gegenwart voller Ängste und eine Vergangen-
heit voller Schrecken«.
(Wolfgang Tschechne in den »LN«)

Unbehagen

Wir tun doch nur so,
als sei alles so
und nicht so,
wie es doch ist.

Wir tun doch nur so,
als seien wir froh,
wenn Angst so
tief in uns frißt.

Wir tun doch nur so,
als seien wir so
und nicht so,
wie wir doch sind.

Wir tun doch nur so
und werden nicht froh,
weil wir nicht so
sind, wie wir sind.

Kleines Licht

Nimm dich selber nicht so wichtig:
Bist doch nur ein kleines Licht,
das in einem schlechten Spiegel
sich in falscher Größe bricht.

Nabelschau

*Ich habe
den schönsten
Nabel der Welt.
Fragt alle,
die ihn
ehrfürchtig
bewundernd
inbrünstig
küßten.*

*Auch ihr
müßt ihn
bewundern;
denn
ihr bewundert
alle Nabel,
die man euch
vor die Nase
hält.*

*Ich zeige
ihn euch,
und ihr
müßt zugeben:
Wenn er
zu sonst
nichts taugt,
so ist er doch
rein literarisch
ganz zweifellos
den höchsten
Preis wert.*

Nichts

Das Nichts ist "in".
Je größer
umso teurer,
je durchsichtiger
umso begehrter,
je erkennbarer
umso wertvoller
ist es.
Nur das Nichts
ist den Nichtsen
verdaulich.
Ich, du,
er, sie, es, -
alle sind Nichtse.
Alle streben
zum Nichts,
alle leben
im Nichts. -
Nichts geht mehr
als das Nichts.

Aberglauben

Wer abschätzig von Aberglauben spricht,
der weiß doch in der Regel nicht,
ob er als Mohammedaner, Christ,
Jude, Hindu oder Buddhist
nicht eigentlich abergläubisch ist.

Dumm

So mancher glaubt, sehr klug zu sein,
hält andere meist für dumm;
doch legt ihn so ein Dummkopf rein,
fragt er: Wieso? Warum?

Es geht ihm nicht in seinen Kopf,
was jedem andern klar:
Daß er der dumme Tropf,
der andere klüger war.

Sommernacht

Sommernacht, du Wunderbare:
In den Gärten Liebespaare,
die auf Bänken
sich verrenken
und mit hochgewölbten Nüstern
zärtlichsüße Worte flüstern.

Drüber hängt in naher Ferne
Mond wie eine Stocklaterne,
und das Ende der Bescherung
heißt Verzehrung und Vermehrung.

Grau

Jeder Mann kommt in das Alter,
wo dann schließlich und sehr bald er
resigniert erkennen muß:
Mit der Liebe ist nun Schluß.
Um zu trösten diese Knaben,
gibt es Zeitungen, die haben
zwei- dreimal auf jedem Blatt
wohlgerundet und auch platt,
jedenfalls jedoch sehr viel
unbedeckten Sex-Appeal.
Grau ist alle Theorie,
grauer noch die Phantasie,
denn es bringt die schönste Brust
bestenfalls Erinn'rungslust;
und so stell'n sie traurig fest,
daß sich nichts mehr feststell'n läßt.

Die Brille

Der Mensch ist nirgends so allein
wie in dem stillen Kämmerlein,
in dem vorhanden nur 'ne Brille
und dazu noch der eig'ne Wille,
gründlich die Übung zu verrichten,
die noch kein Dichter tat bedichten.
Wenn man dort völlig ohne Pose
heruntergleiten läßt die Hose
und bietet so der Brille seine Blöße,
verliert beträchtlich man an Größe,
die draußen man zur Schau gestellt
einer ehrfurchtsstarren Welt.

Ob hoch, ob nieder man geboren,
ob Kaiser oder Diktatoren:
Jeder muß da zu Fuß hingehen
und - wenn auch widerstrebend - eingestehen:
Begrenzt sind Menschenstolz und -wille
angesichts der großen Brille.

Der Mensch

Wir streiten uns gar oft und viel,
woher der Mensch wohl kommt;
wir streiten über Weg und Ziel
und was dem Menschen frommt.

Die einen sagen: Gott nahm Dreck
und machte Adam draus;
die anderen meinen, daß ihr Weg
begann im Affenhaus.

Einjeder sich den Rock anzieht,
von dem er glaubt, er paßt:
Den einen es zum Dreck hinzieht,
den andern auf den Ast.

So geht der Streit nun hin ung her
ganz ohne Sinn und Zweck.
Die Lösung ist doch gar nicht schwer:
Der Mensch ist Affen-Dreck.

Bitte

Wenn dich die erste Mücke sticht,
schlag sie nicht gleich zu Tode.
Vergiß in deinem Zorne nicht:
Sie ist ein Frühlingsbote.

Ach!!!

Fliege Seele, schwinge Seele,
schwing dich auf aus dieser Höhle,
schwing dich auf aus dieser Welt,
die dich eingekerkert hält.
Schwing dich auf nach allen Seiten,
schwing dich auf in blaue Weiten,
schwing dich auf in Himmelshöhen,
wahre Freiheit dort zu sehen.
Schwing dich aus der Gosse Matsch.
Ach!: - Das ist doch alles Quatsch!

Der Sündenfall

Nachdem der Herrgott die Welt erschaffen,
legte er erschöpft sich schlafen,
um von all dem schweren Tun
sich einmal richtig auszuruh'n.
Er ließ das Ganze munter sich dreh'n
und hatte alles genau beseh'n
und war sich dann darüber klar,
daß nichts daran auszusetzen war.
So gab er denn mit frohem Sinn
der wohlverdienten Ruhe sich hin.
Darauf nun tat der Teufel warten:
Er ging flugs in des Herrgotts Garten
und fand bei aller Kreatur
von Bos- und Falschheit keine Spur.
Die göttliche Ruhe, die allem beschieden,
die störte den teuflischen Seelenfrieden;
so schuf er denn mit schneller Hand
ein Wesen, das er Beamter genannt.
Das Wesen, das Beamter genannt er,
brachte Ordnung ins göttliche Durcheinander.
Es regelte den Tageslauf
und stellte viele Schilder auf:
Verbote hier - Verbote dort,
Verbote an all und jedem Ort. -
Als Adam und Eva vom Schlaf erwachten
und an gar nichts Böses dachten,
erblickte Eva so ein Schild;
das machte sie fuchsteufelswild.
Sie rief erbittert: Welche Idioten
haben denn hier das Pflücken verboten?
Die Äpfel wachsen nach Gottes Willen,
daß wir den Hunger damit stillen!

Adam, von weit stillerem Wesen,
hatte seinen Schiller gelesen
und wußte: Mit des Geschickes Mächten
ist kein ewiger Bund zu flechten,
und das Unglück schreitet schnell.
Doch Eva hatte ein dickeres Fell;
sie wollte Zucker nicht und auch nicht Schokolade,
nein, ausgerechnet jetzt und nun gerade
unbedingt das rote Ding,
das ihr da vor der Nase hing.
Ob nun auf Brechen oder Biegen:
Sie wollte und mußte den Apfel kriegen.
Adam zitierte Schiller bang:
Der Wahn ist kurz, die Reue lang.
Durch seine Bildung nicht zu verblüffen,
hatte Eva schon zugegriffen
und sagte zu Adam: Beiß du erst rein,
ich glaube, der scheint madig zu sein.
Adam als braver Ehemann
tat, wie die Gattin ihm aufgetan,
doch blieb in plötzlichem Erschrecken
der Bissen ihm im Halse stecken,
weil, wie er nun ganz deutlich sah,
schon immer der Beamte da.
Mit Vatermörder und Patentbinderknoten
verfügte der Erfinder von Verboten:
Bevor wir den ganzen Fall aufdecken,
müßt ihr eure Blöße decken;
vor einem ordentlichen Gericht
erscheint man in diesem Aufzug nicht!
Eva wußte, es würde nicht glücken,
mit ihren Reizen ihn zu bestricken,
und dabei wurde ihr auch klar,
daß er kein Mensch, nein, nur Beamter war.

So nahm denn jeder ein Stück Draht
und hing daran ein Feigenblatt,
um seinen Blicken zu entzieh'n,
was bisher die Sonne beschien. -
Mit dieser ersten Konfektion
fing an die Zivilisation,
und mit dem Wechsel der Verbote
entwickelte schließlich sich die Mode. -
Nachdem ihm so Genüge getan,
fing er mit seiner Klage an:
Trotzdem dieses Schild vorhanden
und ihr dieses auch verstanden
habt aus eigenem Ermessen
ihr den Apfel aufgegessen.
Das ist Untergrabung der Autorität
der Obrigkeit, die vor euch steht.
Ihr habt das Paradies verspielt,
weil in den Fehler ihr verfiel't,
den Menschen niemals machen sollen:
Nachzugeben dem eigenen Wollen.
Das Wohl des Menschen bei Tag und Nacht
wird vom Beamten überwacht.
Um solches euch nun zu beweisen,
werdet ist zur Erde reisen.
Solltet ihr euch dort bewähren,
werden euren Kindern die Ehren
zuteil, Beamte zu werden;
die haben dann den Himmel auf Erden.
Kaum daß sie noch die letzten Worte hörten,
da saßen sie schon auf der Erden.
Adam suchte Trost und Rat
in einem Klassikerzitat,
doch konnt' er nichts weiter zusammenbringen,
als den Wunsch des Götz von Berlichingen. -

Seit jenem sogenannten Sündenfall
nun sitzen wir in diesem Jammertal
und lassen uns traktieren
und von Beamten schikanieren,
die uns der Teufel auf den Hals gehetzt. -
Warum nur haben wir Trottel bis jetzt
sie nicht längst wieder zu dem geschickt,
der uns einmal damit beglückt?

Soldaten

Weil der Beamte ihm gut geraten,
schuf der Teufel noch den Soldaten,
für den sich Kain begeisterte,
bis er das Handwerk meisterte
und seinen Bruder Abel erschlug,
was ihm den ersten Orden eintrug.
Höchstes Menschheitsideal
wurde dieses Kainsmal.
Deshalb begann ein großes Morden,
denn jeder wollte solchen Orden. -
Die primitive Jagd nach Ruhm
nennt heute man noch Heldentum.

Und hattest du bisher kein Glück,
so tröste dich: Es gibt bald Krieg.
Dann ist das Morden eine Lust,
dann gibt es Orden an die Brust,
Orden mit und ohne Band
und Heldentod fürs Vaterland.
Schimpflich ist ein langes Leben,
wird man dir auf den Weg mitgeben,
vorm Feinde stirbt der wahre Mann! -
Lieber Freund, dann denk daran:
Erfreulich war an sich das Sterben
bisher nur für Millionenerben.

Politiker

Als letzten seiner Weltbeglücker
schuf der Teufel den Politiker.
Was er in langen Mußestunden
an Teufeleien herausgefunden,
das gab er seinem Krönungsstück
für sein Geschäft, die Politik:
Lumperei und Heuchelei,
bereit zu jeder Schweinerei,
Bos-, Falsch-, Gerissen- und Verschlagenheit,
nur eines nicht: die Ehrlichkeit,
das alles gab er ihm mit auf den Weg,
dazu eine Weste, auf der kein Dreck
die blütenreine Weiße trübt,
die den so ehrbaren Anstrich gibt. -
So schaut er aus, der das Schicksal der Welt
teuflisch lächelnd in Händen hält.
Erst wenn der allerletzte tot,
hat ein Ende menschliche Not;
denn an diesem satanischen Wesen
kann und wird die Welt nicht genesen.

Konferenzen

Um zu glänzen mit Intelligenzen
vereinbart man heute Konferenzen.
Wie man dabei dann debattiert,
und wie so ein Thema behandelt wird,
das nennt - warum, konnt' ich nicht erfahren -
die Fachwelt schließlich ein Verfahren.
Wenn so ein Verfahren verfahren ist,
behilft man sich mit einer List,
indem man's einem Ausschuß überweist,
der wiederum von sich beweist,
daß auch zu recht er Ausschuß heißt,
weil das, was daraus resultiert,
doch meistens wieder verworfen wird.
Kurz bevor man ganz verblödet,
weil die Gehirne leer geredet,
veranstaltet man ein Staatsbankett,
denn vom Reden allein wird kein Mensch fett.
Man sagt bei diesen Gelegenheiten
sich freundliche Gehässigkeiten
je nach Geist und Temperament,
die man Toast oder Trinkspruch nennt.
Bei Kaviar, Lachs und vielleicht Forelle
bedauert man das Nord-Süd-Gefälle,
den Hunger in Asien und Afrika
und die Opfer in Lateinamerika.
Voll gesättigt weiß man dann,
daß jedermann seine Pflicht getan.
Danach benennt man ein Komitee,
und das verfaßt ein Kommunique,
in dem für jeden dann zu lesen,
daß man sich grundsätzlich einig gewesen;
und über die alten Differenzen
vereinbart man neue Konferenzen.

Feiertage:
Was habe ich damit zu tun?

Weihnacht:
Was ist das?
Was habe ich damit zu tun?
Das Kind da in der Krippe. -
Friede, Freude, Eierkuchen;
ein frommes Märchen, ein schönes Märchen.
Aber was soll's?
Bin ich ein Kind?
Wenn ich Geschäftsmann wäre,
könnte es Partner mir sein,
ein guter Partner,
ein lohnender Partner
bei heiliger Kassen fröhlichem Klang. -
Aber so? Was habe ich damit zu tun?

Karfreitag

Drei hängen am Kreuz.
Einer soll für mich da hängen.
Für mich? - Warum für mich?
Irgendwo stehen Millionen Kreuze,
unter denen Millionen Tote liegen.
Tote für mich - sagt man.
Warum sagt man das?
Ich habe nicht einem gesagt,
daß er sterben solle für mich.
Und der dort am Kreuz:
Warum mußten die anderen alle sterben,
wenn er doch schon gestorben war für sie?
Jetzt stehen da schon wieder welche,
die sterben sollen (wollen?) für mich.
Ich verbiete jedem, für mich zu sterben!
Einer am Kreuz reicht doch für alle.
Und überhaupt: Was habe ich damit zu tun?

Ostern

Ostern ist schön.
Da gibt es kunterbunte Karten
mit so niedlichen Küken drauf.
Die soll es früher wirklich mal gegeben haben.
Und Ostereier war'n früher noch echte Eier,
selber gefärbt und handbemalt.
Na, ist ja alles Kinderkram
wie auch der Schwindel mit dem Osterhasen.
Bin ich vielleicht ein Kind?
Die soll'n mich doch in Ruhe lassen.
Nun fällt mir doch noch plötzlich ein:
Da soll ja einer auferstanden sein.
Aber was soll's?
Was habe ich damit zu tun?

Himmelfahrt - Vatertag.

Der Regentag der ganzen Nation.
Da mußt du dich beeilen beim Saufen,
daß du von innen schneller naß wirst
als von außen.
Manchmal hast du ja Glück,
da klappt das, ist aber schwer
und fast so spannend wie'n Krimi.
Himmelfahrt - der einzige Feiertag,
zu dem man eine echte innere Beziehung
aufbauen kann.
Übrigens: Da soll einer wirklich
zum Himmel gefahren sein.
Aber: Was habe ich damit zu tun?

Pfingsten

Noch so'n paar wirklich schöne Sauftage.
Da mußt du dich beeilen,
daß du Himmelfahrt bis dahin
weggesteckt hast.
Naja, ist ja auch das Fest
der Ausgießung des Heiligen Geistes.
Himbeergeist oder Heiliger Geist:
Was macht das schon für'n Unterschied?
Oder doch?
Mensch, wenn das stimmt mit dem Heiligen
Geist,
dann geht mich das ja doch was an:
Dann sind die Pfaffen und ihre Brötchengeber
alle Schwindler.
Dann brauchen wir die alle nicht mehr.
Dann müßten die alle stempeln gehen.
Nicht auszudenken,
wenn das keine Schnapsidee wäre. -
Prost!

Das Urgedicht

Bla - Bla
Bal - Bal
Lab - Lab
Alb - Alb
Abl - Abl
Alb - Alb
Lab - Lab
Bal - Bal
Bla - Bla!

Königs - und andere Kinder

Es geschah exakt zur selben Zeit:
Nicht weit voneinander gelegen,
da machten zwei Frauen die Beine breit
und empfingen den männlichen Segen.

Und später exakt zur selben Zeit,
da wurden zwei Kinder geboren.
Das eine bekam ein prinzliches Kleid,
das andere war schon verloren.

Der Mutter fehlten Vater und Geld,
und keiner wollte es haben.
Es kam im verkehrten Bett zur Welt
und wurde deshalb vergraben.

Das eine lag in Seide und Tüll;
von Türmen tönten die Glocken.
Das andere lag vergraben im Müll
und war noch gar nicht ganz trocken.

Darüber hielt zu dieser Zeit
ein Mann überzeugt eine Predigt
von göttlicher Barmherzigkeit. -
Damit war das Thema erledigt.

Vor dem Portale

(Nach einer sehr bekannten Melodie zu singen)
Vor dem Portale,
vor dem Kirchentor
schlafen Asoziale
des Nachts auf Styropor.
Und die am Tag hier beten geh'n,
die woll'n von dieser Not nichts seh'n:
Die Welt ist heil und schön!
Die Welt ist heil und schön!

Sie müssen darben
für den nächsten Krieg.
Ihre Väter starben
für Thyssen, Krupp und Flick.
Und die am Tag hier beten geh'n,
die woll'n von dieser Not nichts seh'n:
Die Welt ist heil und schön!
Die Welt ist heil und schön!

Laßt die Flaschen kreisen
vor der langen Nacht
und dabei die lobpreisen,
die sie dahin gebracht.
Und die am Tag hier beten geh'n,
die woll'n von dieser Not nichts seh'n:
Die Welt ist heil und schön!
Die Welt ist heil und schön!

Christliche Brüderlichkeit

Ich habe ihr lautes Lachen gehört,
das unbeschwerte Lachen
der Penner am Kanal.
Sie waren herrlich
sternhagelvoll;
so typisch asozial.

Ich stand am oberen Böschungsrand
und hörte von Christenmenschen
gar manchen Kommentar,
der voller Ablehnung,
tötlichem Haß
und unfrommer Wünsche war.

Einsperren! Aufhängen! Vergasen!
so klang es von oben. -
Von unten kam Fuselduft;
und über unbändigem Treiben
hing ein Hauch von Freiheit
in der Luft.

Nichts Tragisches

Der Tod ist die uns auferlegte Norm,
nichts Tragisches:
Nur Änderung der Daseinsform.

Ruh'

Schaust du dem Zug der Lemminge zu,
dann, mein Freund, begreifst auch du:
Im Abgrund ist Ruh' - im Abgrund ist Ruh'!

Frage

Du sagst, du lebst. -
Warum tust du es nicht?

Nachruf

Wenn dir noch Zeit geblieben wäre,
dann hättest du ......
Hättest du wirklich?

Versuchung

Ich bin versucht,
euch "dumm und pharisäerhaft" zu schelten.
Doch täte ich's,
dann müßte das für mich genauso gelten.

Wertung

Wer hierzulande nicht Mercedes fährt,
der ist als Mensch und auch sonst nichts wert.

Irrtum

Er hält sich für des Herrgotts Meisterwerk
und ist doch nur ein Gartenzwerg.

Erfahrung

Es scheitern meist die besten Taten
am Eigensinn der Bürokraten.

Vorsicht!

Hüte dich vor den Befreiern:
Du kannst schon morgen ihr Sklave sein!

Ihr Name

Freiheit heißt die Hure,
die sich von jedem mißbrauchen läßt.

Steigerungen

Unwahrheit - Lüge - Ehrenwort.
Verräter - Lump - Parteifreund.

An Jutta

Die Wahrheit ist zu Recht verpönt,
weil nur die Unwahrheit versöhnt.

Mißverständnis

Liebe ist für viele wohl
nur Benutzermonopol.

Erkenntnis

Des ganzen Lebens Sinn und Witz
liegt in einem kleinen Schlitz.

Zeit der Schur

Es ist die Zeit
der großen Schur,
der großen Sommerruh'.

S'ist deine Zeit,
bedenke nur:
Geschoren wirst auch du!

Erinnerung an Dresden

Es war bei der Brühlschen Terrasse:
Ich vergaß Paris und Wien.
Das Mädchen war beste Rasse.
Die Elbe floß träge dahin.

Wir gingen am Flusse spazieren
und waren der Welt ganz entrückt.
Ich konnt' ihren Herzschlag spüren,
so fest haben wir uns gedrückt.

Der Mond schien durch Wolkenschleier
und flocht mit silbernem Glanz
um unsere Liebesfeier
den herrlichsten Hochzeitskranz.

Bei des jungen Tages Erwachen
gingen beglückt wir nach Haus;
und zwischen Weinen und Lachen
klang diese Liebesnacht aus.

Dann sind die Bomber gekommen
und haben Dresden verbrannt. -
Sie ist im Phosphor verkommen
als Heldin fürs Vaterland.

Es war bei der Brühlschen Terrasse:
Ich vergaß Paris und Wien.
Das Mädchen war beste Rasse.
Die Elbe floß träge dahin.

Liebe

Ich bin ich
und du und wir,
in meinem Sein
ein Stück von dir.

Du bist du
und ich und wir,
in deinem Sein
ein Stück von mir.

Wir sind wir
nicht ich und du,
bist du ich,
und ich bin du.

Wissen und Glauben

Ihr, die ihr meint,
daß Wissen
jedem Glauben
überlegen sei,
vergeßt,
daß unser Wissen
nur der Glauben ist,
daß dieses Wissen
Wissen ist;
Denn dieser Glauben
Ist des Wissens Sein,
das ohne ihn
zum Zweifel wird. –
Wo also bleibt
des Wissens Überlegenheit?

Zweifel · Glaube

Zweifel,
Vater des Fortschritts,
Bruder des Glaubens,
zerstörst die Fundamente
unseres Wissens
und läßt
die herrlichsten
Gedankentürme
in sich
zusammenstürzen,
zwingst uns
zu kühneren Gebilden,
zugleich
dasselbe Schicksal
ihnen bereitend,
jagst du uns
durch die Zeit,
den Fortschritt

produzierend,
dem täglich
du das Leben nimmst,
daß neues daraus werde.
Und wenn
verzweifelnd wir
in Pseudoglauben flüchten,
entlarvst du uns,
zerstörst du ihn;
denn vor dir sicher
ist allein der Glaube,
der unzerstörbar ist
und Fortschritt
weder kennt noch schafft. ·

Zweifel hier,
Glaube da:
Du hast die Wahl.

Eine Liebe

Er drang in sie ein,
und sie ließ es geschehen.
Sie wollte, daß es geschah,
denn sie war leer,
physisch und psychisch
vollkommen leer.
Sie bedurfte seiner,
dieser Leere zu entgehen,
sich selber zu begegnen,
sich wiederzufinden.
Es füllt sie aus,
und sie hatte das Gefühl,
daß anderes nicht Platz
mehr in ihr habe.
Sie sah ihn an.
Sie wollte sein Gesicht sehen,
das Gesicht dessen,
der sie ausfüllte,
daß es sie zu sprengen drohte.
Ihre Augen suchten und suchten und suchten
und fanden bei allem Suchen
nur ein Gesicht - ihr eigenes.
Mit einem Schrei
gab sie sich dieser Liebe hin.

Gebet

Herr, öffne ihres Schoßes Tiefen
und stärke göttlich diesen Schaft,
daß Säfte, die in Hoden schliefen,
vereinen sich mit ihrem Saft.

Laß ihren Jubelruf erschallen,
wenn es zum Höhepunkte geht;
ist er von den Gebeten allen
doch das ehrlichste Gebet.

Hoffnungslos

Er sagt es.
Er sagt es oft.
Und mit
jeder Wiederholung
verstärkt er
den Beton
seines Glaubens
an die Richtigkeit
des Gesagten.
Er sagt es
immer wieder.
Und immer wieder tropft,
seine Haut netzend,
Selbstmitleid
aus allen seinen Poren.
Er sagt es,
und er klagt es,
daß das Leben
ihm soviel
schuldig geblieben sei.
Und diese Klage
ist seines Lebens
Inhalt und Last. -
Es wird ihm nie
zur Einsicht werden,
daß er dem Leben
alles schuldig blieb.

Furcht

Da lag er nun
und wartete auf den,
den zu fürchten
er gelernt hatte,
den Tod.
Und er begriff,
daß alle Furcht
ihm anerzogen worden war
und ohne dieses Anerziehen
nicht existent gewesen wäre.
Da war die lebenslange Furcht
vor Einsamkeit gewesen,
die ihn zum Sucher
nach Geselligkeit gemacht,
die er auch lebenslang gefunden,
und die ihn,
wie er klar erkannte,
doch immer einsam bleiben ließ.
Dieses im Tod
ihm zugekommene Wissen
prägte ein Lächeln in seine Züge,
das die Zurückbleibenden ratlos machte.

Ein ganz gewöhnlicher Sommertag

Sommerhimmel
drückt tiefblau die Erde.
Wolken,
Vulkanen gleich,
grenzen den Horizont.
Ähren
neigen ernteschwer
Erfüllung suchend
dem Mähdrescher sich zu.
Anklagenden Auges,
Entsetzen im Blick
entspringt die Ricke,
der Vernichtung
zu entgehen.
Blut färbt die Messer,
die alles schneiden,
was nur schneidbar ist.
Blut fließt aus Stellen,
an denen eben noch
die Beine saßen,
die nutzlos
in den Stoppeln liegen.
Noch ist das Kitz nicht tot:
Es zuckt zu Tode sich
mit jedem Herzschlag
Blut ausstoßend.
Das Raubtier Mensch hat zugeschlagen. -
Und ein Mann fährt seine Strecke,
der von allem nichts gewußt.

Der Baum

Hundert Jahre und mehr
war er alt geworden
und hatte der Irren
nie soviel gesehen
wie jene,
die ihn jetzt fällten,
die Straße zu verbreitern.

Er weinte um sie,
und sie sahen sein Weinen.
Er schrie für sie,
und sie hörten sein Schreien
und meinten,
er weine um sich,
und glaubten,
er schreie für sich,
und begriffen nicht,
daß er ihr Weinen und Schreien
vorweggenommen hatte,
daß sie ihm
ihre eigene Zukunft
bereiteten.

Denkmalsschändung
(Doppelgedicht)

Thomas Mann	Lübeck
Thomas,	*Du, Lübeck,*
großer Sohn	*unfreie Stadt,*
dieser Stadt	*einst*
Lübeck,	*Königin der Hanse,*
Vaterstadt.	*jetzt*
ER,	*Königin ohne Hermelin,*
der Große,	*Königin ohne Krone,*
Sohn?	*Königin ohne Reich,*
Undenkbar,	*verkommen zur alten Vettel,*
daß er Sohn,	*Patronin von Blutrichtern,*
Sohn eines Vaters.	*Kneipenwirten und*
Undenkbar,	*Möchtegernen,*
daß er	*hast du für deinen*
von einem Vater	*lecken, alten Kahn*
als Spermium	*als Galionsfigur*
in eine Vagina	*trotz seiner Ablehnung*
gestoßen, um	*nur diesen staubbewahrenden*
aus dieser	*Stadtbeschreiber,*
zu dieser	*der dich nie geliebt?*
Größe aufzusteigen.	*Arme Königin!*
Denkbar für ihn,	*Meine Tränen*
vor ihm, über ihm	*waschen Spuren*
allein Gottvater,	*deiner unvergänglichen*
dem er Gleichheit	*Schönheit frei.*
zuerkannte.	*Ich werde lange*
Des stolzen Preises	*um dich*
aus Schweden	*für dich*
doppelt würdig,	*weinen müssen,*
verzieh er nie,	*trotz allem Geliebte du.*
daß er nur einmal	
ihn erhielt.	

Vor dem Spiegel

Wenn ich vor dem Spiegel stehe,
weiß ich oftmals selber nicht,
ob denn das, was ich da sehe,
wohl mein eigenes Gesicht.
Jeder mir entfernt Verwandte
scheint mir näher doch verwandt;
jeder flüchtig mir Bekannte
scheint mir besser noch bekannt.
Und so frag ich viele Tage:
Bin ich ich? Sein oder nicht?
Doch die Antwort auf die Frage, -
die verweigert das Gesicht.

Spiegelbild

Du, der du ich bist,
wer bist du?
Warum antwortest du nicht?
Warum schweigst du? -
Ich muß mit dir leben,
und du lebst von mir;
und dennoch weiß ich nicht,
was es mit uns beiden
auf sich hat.
Ich werde nicht aufhören,
dich zu fragen.
Antworte!
Antworte solange es Zeit ist.
Antworte!
Wenn der Vampir kommt,
ist es zu spät.
Er wird kommen,
mich zu erlösen,
zu erlösen von dir,
du Trugbild aus aufgedampftem
Quecksilber geboren. -
Ist es meine Erlösung?
Ist es deine Erlösung?
Ist es überhaupt Erlösung?
Sie sagen,
daß es Verdammnis sei.
Du lächelst
ob meiner Hilflosigkeit.

Du bis ein Zyniker.
Du lächelst
ob meiner Dummheit,
und du hast recht:
Das Echo kann nicht besser sein
als der Ruf,
das Bild im Spiegel
nicht besser als das Original. -
Ich wende mich ab,
und du lächelst,
weil du weißt,
daß ich dich nicht zurücklassen kann.
Ich bin dir ausgeliefert
so wie du mir;
und dennoch weiß ich nicht,
ob ich mich je an dich gewöhnen werde. -
Und wie hältst du es mit mir?

Der Spiegel

Blind war er, der Spiegel,
der von Generationen
ihm zugekommen war.
Und alle vor ihm
hatten einen anderen Spiegel
im Hause nie geduldet
als diesen,
von dessen Blindheit
eine alte Chronik sprach.
Die Wesen,
deren Bild er wiedergab,
waren als Schemen
mehr zu ahnen
denn zu sehen, -
nicht zu erkennen.
Ein Freund,
der meinte, es zu sein,
schenkte ihm einen kristallenen Spiegel.
Er hielt ihn in der Hand.
Er sah hinein,
und er ließ
den kostbaren Spiegel fallen,
weil das Bild,
das dieser ihm bot,
ihm unerträglich war. -
Er ging zu seinem
alten, blinden Spiegel
und küßte das Glas,
küßte jenes nicht erkennbare Bild,
mit dem er leben konnte,
mit dem allein er leben konnte.

Bandoneon

Bandoneon,
aus Traurigkeit geschaffen,
kannst du nur Traurigkeit künden,
die Traurigkeit,
hinter der es nichts mehr gibt,
die Traurigkeit,
die jenseits aller Tränen liegt,
bist du bestimmt,
den Tanz der Traurigkeit zu spielen,
den Tanz der Traurigkeit,
der Tango heißt,
den Tanz,
der so Verzweiflung, so am Ende ist,
daß er nur Freiheit bringen kann.
　　　　Und wenn du Freiheit tanzen willst,
　　　　dann kann der Tanz nur Tango sein,
　　　　der Tanz,
　　　　der Freiheit aller Schritte dir eröffnet,
　　　　der Tanz,
　　　　der sich in keines Lehrers Schema pressen
　　　　läßt,
　　　　der Tanz,
　　　　der keiner Klasse zugehörig ist,
　　　　so wie die Traurigkeit
　　　　nicht einer Klasse eigen ist.
　　　　Das Wissen drum ist nur den Armen näher,
　　　　weshalb den Reichen meist
　　　　die Freiheit dieses Tanzes unbekannt.
Bandoneon,
Klang der Verzweiflung,
Klang tränenloser Traurigkeit,
die absolute Freiheit schenkt,
die nur geahnt
und nicht begriffen werden kann.

Die Welle

Seit Jahrmillionen war sie
diesen Weg gekommen - die Welle.
Sie hatte mit dem langen
flachen Strand geflirtet,
von seinem feinen, hellen Sand
sich kraulen lassen,
um dann, wohlig sich streckend,
den Gefährten wieder sich zuzuwenden. -

An jenem Tage nun war alles anders:
Wo flirtend sie erwartete
gekrault zu werden,
war nur Beton,
in den der Sand verbaut,
der ihr so wohlgetan.
Sie schlug sich wund
und kehrte, die Wunden sich leckend,
zu den Gefährten zurück.
Schmerzerfüllt und zorngestärkt
kehrt grollend sie wieder und wieder,
sich hochaufreckend
auf den Beton zu stürzen,
der ihr scharfkantig widersteht,
ohnmächtig gegenüber ihrem Feind,
die Liebe ihres Strand's entbehrend. -

Die Menschen fürchten sie
und nennen sie böse,
dabei des Schmerzes nicht bedenkend,
den sie ihr zugefügt.

Ein Wassertropfen

Ein Wassertropfen,
der den Weg zurück
ins Meer verfehlte,
blieb mir
in meiner Hand.
Ein Wassertropfen nur;
und doch erstrahlen
tausend Sonnen
aus tausend Ewigkeiten
in seiner Tiefe mir:
Ich sehe die Sonne
fern am Horizont aufsteigend
im ersten Tau sich brechen,
der diese Erde einst benetzt.
Ich sehe Zoroasters Sonne,
sehe die Sonne Abrahams,
seh' ihren Widerschein
im Gold des Kalbes,
das stärker sich
als alle Götter
dieser Welt erwies.
Ich sehe Buddhas Sonne,
sehe die Sonne,
die einst der Inka Gott.
Ich sehe, sehe, sehe
und gehe,
den Zeugen der Ewigkeiten
zu retten
und wieder im Meere
einzubetten. -
Ein Wassertropfen.

Es ist nicht dein Verdienst

Es ist nicht dein Verdienst,
daß du in Armut nicht geboren.
Doch tust du so,
als wäre es so,
und ist doch nicht so. —
Warum tust du so?

Es ist nicht dein Verdienst,
daß du in Krankheit nicht geboren.
Doch tust du so,
als wäre es so,
und ist doch nicht so. —
Warum tust du so?

Es ist nicht dein Verdienst,
daß du nicht farbig bist geboren.
Doch tust du so,
als wäre es so,
und ist doch nicht so. —
Warum tust du so?

Lieblicher Quell

Ohne das Weihnachtsgeschäft
hätte er seinen Laden
zumachen können,
sagte er
und nannte damit den Quell
seiner Kirchentreue
und seiner so selbstverständlich
zu Schau getragenen Frömmigkeit. —

Er ist ein absoluter Feind
des Materialismus.

Jesus hat nie gesagt

Jesus hat nie gesagt,
daß er nur über Pfaffen zu erreichen.
Jesus hat nie gesagt,
daß diese Welt vornehmlich für die Reichen.
Jesus hat nie gesagt,
in Rom den Vatikan zu bauen.
Jesus hat nie gesagt,
den Päpsten darin zu vertrauen.
Jesus hat nie gesagt,
ihn hier auf Erden zu vertreten.
Jesus hat nie gesagt,
Maria anzubeten.
Jesus hat nie gesagt:
Seid Feind dem Feinde.
Jesus hat nie gesagt:
Bewaffnet die Gemeinde. —

So frage ich denn
ohne Aber und Wenn
mit Recht und Fug:
Wem dient der Betrug?

Ajatollah Wojtila

Er hat die Katze aus dem Sack gelassen,
der Ajatollah Wojtila,
als er sagte,
daß Pazifismus Feigheit ist,
wobei er wohl bedachte,
daß Christus selbst
des Pazifismus Vater ist,
und diesem damit sagte,
daß in seiner Kirche
nicht Platz und Heimstatt
noch für ihn.

Zweitausend Jahre
Christi Kirche ohne Christus:
Das ist längst bekannt. —
Doch wurde es noch nie
so zynisch offen ausgesprochen!
Dafür gebührt ihm Dank,
dem Ajatollah Wojtila.

Der Dissident

Heda, ihr Regierenden,
ich bin Dissident!
Heda, ihr in der Opposition,
ich bin Dissident!
Heda, ich verachte euch,
verachte
eure Arroganz,
eure Dickfälligkeit,
eure Korruptheit,
eure Phrasen,
euern Betrug
an euerm Arbeitgeber,
dem Wähler,
euer So tun als ob,
euer Verschanzen
in einem Machtkartell.

Heda, ihr Bischöfe,
ich bin Dissident!
Heda, ihr Pfaffen,
ich bin Dissident!
Ich verachte euch,
verachte
euer falsch Zeugnis,
das ihr täglich ablegt,
eure Segen,
die zu Flüchen
euch taugen und geraten,
eure Selbstgefälligkeit,
euer Streben nach der Macht,
euer Herrschen,
wo doch Dienen
nur euere Sendung ist.

Heda, ihr Regierenden,
ich bin Dissident!
Heda, ihr in der Opposition,
ich bin Dissident!
Heda, ihr Bischöfe,
ich bin Dissident!
Heda, ihr Pfaffen,
ich bin Dissident!

Heda, ihr Regierenden,
ihr in der Opposition,
ihr Bischöfe,
ihr Pfaffen:
Warum feiert ihr mich nicht?
Ich habe einen Anspruch
auf Heldenverehrung,
einen Anspruch,
gefeiert zu werden!
Warum also feiert ihr mich nicht?
Ist es so,
daß Dissidenten
nur außerhalb der Landesgrenzen
zu Helden euch geraten? —
Das ist so,
war so,
wird so immer sein!

Und doch:
Ihr Regierenden,
ihr in der Opposition,
ihr Bischöfe,
ihr Pfaffen,
ich sch...speie auf euch,
ich pfeife auf euch
gestern,
heute,
immerdar.
Ich bin Dissident!

Gebet eines Engels der Armen

Lieber Gott,
ich danke dir
für all das Elend,
das du, lieber Gott,
dieser Erde beschert.
Du weißt, lieber Gott,
daß sie mich
Engel der Armen nennen,
und das, lieber Gott,
danke ich dir;
denn wie, lieber Gott,
könnte ich ihnen
Engel der Armen sein,
wenn du, lieber Gott,
ihnen nicht Armut
und Elend beschert?
Beschütze du, lieber Gott,
wie bisher die Reichen.
Sorge da, lieber Gott,
für Beschränkung der Geburten
durch gewollte Regelung,
daß ihrer nicht zuviele werden,
denn Reichtum nur für wenige,
lieber Gott,
läßt Armut recht gedeihen.
Laß du den Kindersegen
bei den Armen
wie bisher, lieber Gott,
zum Segen für mich werden.
Erhalte, lieber Gott,
deine göttliche Ordnung
von altersher:

Reichtum ist Segen,
Armut ist Schuld.

Wer daran glaubt,
lieber Gott,
der glaubt an dich,
der glaubt an mich,
ist gläubiger Christ.
Wer aber, lieber Gott,
nicht daran glaubt,
ist dein Feind,
ist mein Feind,
ist Sozialist.
Amen.

Anklage

Herrgott, wenn es den Teufel gibt,
dann kannst nur du es sein!
Du hast die Menschen nie geliebt
Und ließest sie allein,
wenn sie in ihrer größten Not
verzweifelt nach dir schrie´n.
Nein, Gott, du bist kein lieber Gott,
dein Sein macht keinen Sinn.

Verflucht?

Ich stand vor einem Fenster,
in dem die Schätze der Welt
in hell lichtüberglänzter
Pracht waren ausgestellt.

Da lagen Samt und Seide,
indisches Elfenbein
und goldene Geschmeide
in grellem Lichterschein.

Ich sah Delikatessen,
wie ich sie nie sonst sah.
Nichts hatte man vergessen
an Schönem fern und nah.

Gar viele Menschen standen
staunend wie ich vor der Pracht.
Was sie dabei empfanden,
hat keiner mir gesagt.

Doch was sie mir verschwiegen,
das sagten die Augen mir:
Ich las in ihren Blicken
Verzweiflung, Haß und Gier.

Warum schuf Gott die Schätze der Welt
denn nur für wenige?
Warum nur schuf er Gold und Geld,
und uns nur Pfennige?

Ich habe nach einer Antwort gesucht,
mich schweigend dann abgewandt,
weil ich genau wie sie verflucht
und auch keine Antwort fand.

Weihnacht

Kleine weiße Flocken tanzen
sacht zur Erde nieder,
breiten über Strauch und Pflanzen
schützendes Gefieder.

Gleißend geht ein Stern zur Erde,
tut uns kund mit seinem Schein:
Daß ein neues Leben werde,
muß auf Erden Frieden sein.

Begegnung

Du bist wie eine Blume
aus altem Paradies,
die Gott zu seinem Ruhme
auf dieser Erde ließ.

Ich kann nur schweigend stehen
vor deinem Angesicht.
Ein Wunsch wird mit dir gehen
und du?: — Du weißt es nicht.

Vielleicht streift dich ein Ahnen
von künftigem Gescheh'n
und — hinter Sternenbahnen —
von einem Wiederseh'n.

Traum?

Ich sah mich plötzlich gehen
und sah mir selber nach,
sah lichtumglänzt mich stehen
auf einem Sternendach.

Ich hört'mich zu mir sagen:
Du bist's! und Sei nicht bang!
und hörte mich mich fragen:
Wohin? Wie weit? Wie lang?

Dann war da nur noch Fülle
unsagbar hellen Lichts,
und ich war nur noch Hülle
von lichtgewirktem Nichts.

Und dann war nur noch Stille
erfüllt von einem Wort;
und dieses Wort ward Wille
und zog mich mit sich fort.

Ich fiel anbetend nieder
vor meinem Angesicht.
Ich fand mich in mir wieder —
und war derselbe nicht.

Nach der Beerdigung

Die letzten Worte sind gesprochen;
eiskalt ist's durch die Adern gekrochen:
Da war es plötzlich, da war das Wissen,
das furchtbare Wissen vom Sterbenmüssen.

Noch einmal tritt jeder an das Grab
und wirft drei Hände voll Erde hinab.
Da ist es wieder, da ist das Wissen,
das furchtbare Wissen vom Sterbenmüssen.

Der eine geht zu seinem Weibe,
um zu vergessen an ihrem Leibe,
um zu ertränken in ihren Küssen
das furchtbare Wissen vom Sterbenmüssen.

Ein anderer in die Kirche geht,
um sich zu stärken in stillem Gebet,
um aufzunehmen das große Wissen,
das tröstende Wissen vom Sterbenmüssen.

Ein Junge tötet den Schmetterling,
den er am offenen Grabe fing.
Er hat getötet, ohne zu wissen
vom großen Geheimnis vom Sterbenmüssen.

Vorfrühling

Hör' der Vögel Jubilieren
trotz des Märzentages Grau:
Hinter Wolkenbänken spüren
sie des fernen Himmels Blau.

Sieh': Die Bäume dort im Garten
stehen heute noch so kahl,
doch sie fühlen im Erwarten
schon den warmen Sonnenstrahl.

Golden sprießende Narzissen
geben sich dem Winde hin;
und in allem ist ein Wissen
um des Lebens Neubeginn.

Spätsommer

Die Hasen hoppeln über Stoppelfelder.
Der Sommer legt sich sacht zur Ruh'.
Das Gelb des Korns zieht in die Wälder
und deckt das Grün der Blätter zu.
Die Wiesen liegen unter Nebelschwaden
wie unter weißem Federbett.
Der Vögel schwächer klingende Sonaten
ein linder Wind ganz leis' verweht.

In allem scheint ein Resignieren
vor längst geahnter Winternacht.
In trotzig Aufbegehren zieren
sich Baum und Strauch mit letzter Pracht.

Gedanken winden sich zu Trauben
der Furcht vor endlichem Vergeh'n.
Angst überwindet nur der Glauben
an frühlingshaftes Aufersteh'n.

Herbst

Der Herbst hat seinen Malerkittel angezogen,
fährt pinselschwingend übers Land.
Die Farben nahm er von dem Regenbogen,
der gestern noch am Himmel stand.

Voller Erwartung steh`n die Bäume
und harren seiner Farben Pracht.
Sie schmücken damit ihre Träume
vor langer, banger Winternacht.

Sie träumen von dem Frühlingsmorgen,
der sie zu neuem Leben weckt,
das tief im Inneren verborgen,
vor Frost und Schnee und Eis versteckt.

Ich muß sie anschauend beneiden,
weil dieser Morgen mir versagt
und mir nach meinem letzten Scheiden
kein Wiederkehren angesagt.

Das Sieb der Zeit

Das Sieb der Zeit hat weite Zwischenräume,
durch die viel scheinbar Großes fällt,
und ist doch unpassierbar für die Träume
der Utopisten dieser Welt.

Und er weiß nicht
(Tschernobyl)

Er ißt den Rhabarber,
den Spinat, den Salat;
und er weiß nicht,
was er gegessen hat.

Die Welt ist so heiter,
so sonnig und hell;
und er weiß nichts
von Rem und von Becquerel.

Er weiß nichts von Cäsium,
Strontium und Jod,
von Strahlenkrebs
und Strahlentod.

Er kennt die Geschichte
vom Damoklesschwert,
doch er kennt nicht
Curie und Halbzeitwert.

Er ißt den Rhabarber,
den Spinat, den Salat;
und er weiß nicht,
was er gegessen hat.

Die Blablaisten

Sie schrieben so unendlich viel
Bedeutung heischenden Gesichts; —
und jedes ihrer Worte fiel
als Nichts ins Nichts.

Erfahrung

Das Allerschwerste beim Schreiben
ist es, ehrlich zu bleiben.

Ignoranten

Sie sitzen in Elfenbeintürmen
und tun, als wäre nichts gescheh'n.
Sie wissen nichts von Stürmen,
die unser Fortbesteh'n
in Frage stellten.
Und stürzen ringsum Welten:
Sie tun, als wäre nichts gescheh'n.

Bruder

Ich will dein Bruder sein!
sagte er zu dem Anderen,
der sich darob freute,
denn er war einsam.
Doch als er ihn nach dem Namen fragte,
erfuhr er nie,
daß dieser sein Bruder Kain hieß.

Politiker

Er antwortet.
Er kennt nur Antworten
und produziert Antworten
pausenlos.
So ist es zu verstehen,
daß niemals eine Frage
zu seinen Ohren drang.

Leise, ganz leise
(850 Jahre Lübeck)

Leise, ganz leise!
Laßt schlafen die Stadt,
laßt schlafen das Rathaus
und den Senat.

Leise, ganz leise!
Laßt schlafen die Stadt,
die achthundertfünfzigsten
Geburtstag hat.

Leise, ganz leise!
Laßt schlafen die Alte;
Und Gott erhalte
Ihr den Traum
Einer Königin im Ostseeraum.

Juliane! (Die Pompadour vom Rhein)

Honi soit qui mal y pense!
(Ein beliebig ergänzbares Nonsensgedicht)

Sie ist das Reale
in seinem Wahne:
Juliane, Juliane!

Er ist der Schaft
und sie die Fahne:
Juliane, Juliane!

Er ist der Gott
sie seine Schamane:
Juliane, Juliane!

Sie ist die Kraft,
er die Soutane:
Juliane, Juliane!

Er ist der Herrscher,
sie Kurtisane:
Juliane, Juliane!

Er ist der Baum,
sie die Liane:
Juliane, Juliane!

Er ist das Korn,
sie die Zyane:
Juliane, Juliane!

Er ist der Schläfer,
sie Ottomane:
Juliane, Juliane!

Er ist der Topf,
sie die Platane:
Juliane, Juliane!

Er ist die Schale,
sie die Banane:
Juliane, Juliane!

Sie ist die Stimme,
er die Membrane:
Juliane, Juliane!

Er ist der Kranke,
sie seine Tisane:
Juliane, Juliane!

Er ist der Kaffee
und sie die Sahne:
Juliane, Juliane!

Er ist der Zwerg,
sie seine Titane:
Juliane, Juliane!

Merkt auf!

Merkt auf, Urahne, Ahne, Mutter und Kind,
wollt ihr in Freiheit leben:
Da, wo die Uniformen sind,
kann's keine Freiheit geben!

Drogen

Heldentum und Vaterland
sind Drogen:
Sie lähmen den Verstand!

Mein Vaterland

Mein Vaterland?: Das ist das Land,
wo Menschen guten Willens leben,
wo Kirchen und Nationen unbekannt
und Freundschaft einzig legitimes Streben.

Rechtsstaat

Dieses Volk ist schafsgeduldig
trotz allem, was ihm angetan:
In diesem Staat ist jeder schuldig,
der Unschuld nicht beweisen kann.

Unsere Welt

Eine Welt ohne Waffen,
eine Welt ohne Pfaffen:
so hat sie Gott
einmal geschaffen.

Gerücht!

Die Allerarbeitsscheuesten
sind die der Fahne Treuesten.

Der Grund

Ein Defizit im Unterleib
macht manche Frau zum Flintenweib,
denn ein Gewehrlauf ist doch mächtig
anregend und orgasmusträchtig.

Vorsicht

Nicht auf die Etiketten,
auf den Inhalt kommt es an:
Freiheit in Ketten?
Rette sich, wer kann!

Aufgepaßt!

Je prächtiger die Kleider sind,
umsoweniger beachten wir die,
die sie tragen.
Nur auf die aber kommt es an!

Unvereinbar

Er ist Kapitalist
und gläubiger Christ. —
Nur: Er vergißt,
daß beides unvereinbar ist!

Schwindel

Die Freiheit, die man euch verspricht,
Freunde, die gibt es nicht!
Sie ist die modifizierbare Norm
einer stets variablen Ausbeutungsform.

Frage

Ist Sein schon Sinn?
So steht die Frage.
Sie führt zu keiner Antwort hin;
und ich beklage,
daß ich geboren bin.

Infantristen

Wer weiß, wem von uns allen
das Glück noch einmal blüht.
Wer weiß, wer von uns allen
die Heimat wiedersieht.

Wer weiß, an welchem Stege
der Marsch zu Ende geht.
Wer weiß, an welchem Wege
dereinst ein Holzkreuz steht.

Wer weiß, wofür wir leben,
vielleicht nur für den Tod,
und unser ganzes Streben
endet im Straßenkot.

Schnee

Und der Schnee fällt, fällt und fällt
in die Stille einer Welt,
die friedlich rings zu träumen scheint.
Unwirklich Krieg, unwirklich Feind.

Plötzlich bricht das Inferno los:
Aufreißend dieser Erde Schoß
zerfetzen heulende Granaten
Soldaten.

Und der Schnee fällt wie ein Fluch,
deckt ein weißes Leichentuch
über alle, die im Fallen
grad noch einmal "Mutter" lallen.

Dann ist Stille, weiße Stille. —
Menschenwille? Gottes Wille?

Im Gefangenenlager

Leise senkt die Nacht sich nieder.
Unterm Sternenzelt
klingen sehnsuchtsschwere Lieder
durch die nächtge Welt.

Singen von vergangnen Tagen,
von der großen Schlacht,
die wir siegreich einst geschlagen,
als das Glück uns noch gelacht.

Singen von der Heimat ferne,
von der Liebsten weit.
Tröstend gehen droben Sterne
über Leid und Zeit.

Gelöbnis

Ich bin hierher getreten worden,
dieweil mich keiner je gefragt;
verpflichte mich zu Massenmorden,
wenn einer mir's befiehlt und sagt.
Die Spekulanten machen Kasse,
drum ist's mit meinem Menschsein aus:
Strategische Verfügungsmasse
schaut letztlich nur für mich heraus.
Denn Blut bringt höchste Dividende;
das ist's, was mich so wertvoll macht.
Drum binden sie mir hier die Hände
und beten, daß es bald mal kracht.

So sichere ich allen Banken
und den Konzernen den Profit.
Ich will meiner Regierung danken
und allen Kirchen auch gleich mit.

Parade

Ich kann den Blick nicht von euch wenden,
ich muß euch anschau'n immerdar:
Ihr seid mit Köpfen, Füßen, Händen
des Menschseins doch so völlig bar.

Ich muß an Zirkustiere denken,
an gut gelungene Dressur;
und eure ausdrucklosen Blicke schenken
von Geist und Seele keine Spur.

Ihr knallt die Stiefel auf das Pflaster,
daß es von Mauern widerhallt.
Das Denken ist euch unnütz Laster;
ihr seid gestaltete Gewalt.

Ihr könnt wie Roboter agieren,
auf euer Tun ist stets Verlaß.
Ihr müßt das Menschliche negieren: —
Funktion ist euer Sinn und Maß!

Die Trommel

Es begab sich aber, daß sie gedachten,
einen Ochsen sich zu schlachten.
Der Ochse sagte: Tötet ihr mich,
so räche ich mich fürchterlich!
Er hatte das kaum ausgesprochen,
da war er auch schon abgestochen.
Nachdem sie alles aufgegessen,
was einmal Ochse war gewesen,
blieb nur die Haut. — Sie wurde Trommelfell;
und bald ertönte laut und hell
wohl weithin übers Land ihr Ruf.
Ob mit nun oder ohne Huf:
Es folgten die Rindviecher unverdrossen
dem Rufe ihres Artgenossen.
Sie fragten nicht nach Weg und Ziel;
und wenn auch mancher von ihnen fiel,
sie folgten immer stur dem Klang,
der fordernd an die Ohren drang.
Die Trommel führte sie alle zum Schlachten. —
Ob sie wohl an den Ochsen dachten?

Artikel 1 GG

Drei Tote im Wesel-Datteln-Kanal
sind drei Tote zuviel, Herr General!
Sie waren so hoffnungsvoll jung an Jahren
und starben weil sie gehorsam waren,
gehorsam dem Befehl verpflichet.
Gehorsam, der die Befehlenden richtet!
Die Befehlenden aber sind am Leben
und werden weiter Befehle geben,
Befehle wie die dort am Kanal,
in ihrem Namen, Herr General,
gestern dort und morgen hier.
Schnauze gehalten! Ein Lied! Drei! Vier!
Und irgendwo steht grundgesetzlich:
Die Würde des Menschen ist unverletzlich!

Bosnische Weihnacht 1993

Draußen von Bosnien komme ich her.
Ich muß euch sagen: Es weihnachtet sehr.

Allüberall über Tannenspitzen
Sah ich Mündungsfeuer blitzen.
Ich sah der Frauen ungewollte Wehen
und habe Kinder sterben sehen,
getötet von Granaten
christlicher Soldaten.
Ich hörte serbische Popen
ihre Gläubigen dafür loben,
denn für das Kind, zu dem ihr betet,
wurden schon damals Kinder getötet.
Für Morde, Hunger und Schmerzen
entzündet nun die Kerzen
und kündet damit allen
menschliches Wohlgefallen.

Draußen von Bosnien komme ich her.
Ich muß euch sagen: Es weihnachtet sehr.

O Seligkeit

Mutter, o Mutter,
hörst du den Schrei?:
Kanonen statt Butter!
Und ich bin dabei
als Kanonenfutter;
denn Sterben macht frei!

Mutter, o Mutter,
es ist soweit:
Kanonen statt Butter!
'S ist Heldenzeit.
Heldenmutter,
o Seligkeit!

Textilfetischismus:
Die Fahne

Du warest kaum geboren,
da traf dich schon der Fluch:
Du wurdest eingeschworen
auf einen Fetzen Tuch.

Der Mensch wurde getötet,
du wurdest Untertan;
und jeder Untertan betet
stur seine Fahne an:

Befiehlt sie dir zu töten,
dann schreite flugs zur Tat.
Du darfst nicht widerreden,
und Zweifel ist Verrat.

Du darfst an sie nur glauben,
denn du bist ihr geweiht,
darfst morden, plündern, rauben
zu ihrer Herrlichkeit.

Darfst stehlen, schänden, brennen; —
ob keiner Missetat
darfst je du Reue kennen,
denn du bist ihr Soldat.

Und sollte untergehen
dabei die ganze Welt:
Die Fahne wird doch wehen! —
Heil dem, der für sie fällt!

Militärdiktatur

Warum gehorchst du, Soldat, warum?
Warum, Soldat, bist du so dumm?
Warum gehorchst du dem Befehl,
der dich zum Mörder macht,
warum dem Offizier,
der über deine Dummheit lacht?
Warum gehorchst du, Soldat, warum?
Warum, Soldat, bist du so dumm?

Und: Warum schießt du, Soldat, warum?
Warum, Soldat, bist du so dumm?
Du schießt doch nur auf deinesgleichen,
denn unter allen deinen Leichen
ist keiner von den Großen, Reichen!
Drum: Warum schießt du, Soldat, warum?
Warum, Soldat, bist du so dumm?

Die Uniform

Bist du geistig unter Norm,
dann wirf dich in Uniform:
Weltweite Tradition beweist,
die Uniform ersetzt den Geist,
die Uniform macht dich zum Gott,
und die Vernunft dabei total bankrott.

Freiheit
(oder das, was wir dafür halten sollen)

Freiheit kann
nur hinter Gittern
noch bewahret werden,
sagt man uns,.
und
wir glauben daran.

Freiheit kann
mit Blut nur
noch bewahret werden,
sagt man uns,
und
wir glauben daran. —

Glauben wir daran?

Wahnsinn

Es geht ein Zittern durch die Welt,
ein Klagen und ein Fragen:
Wer weiß, ob morgen uns noch hält,
was uns bisher getragen?

Trinke noch einmal deinen Wein,
ertränke deine Sorgen;
es kann vielleicht der letzte sein. —
Wer von uns kennt das Morgen?

Schlaf einmal noch bei deinem Weib
und suche das Vergessen;
Wer weiß, ob morgen euern Leib
nicht schon die Raben fressen?

Da nützt kein Beten, Jammern, Fleh'n
vor einem sichern Tode:
Es war doch, was bisher gescheh'n,
nur Wahnsinn mit Methode.

Macht Schluß!

Macht Schluß jetzt endlich mit dem Morden!
Genug des Tötens! Haltet ein!
Wir sind zu Bestien geworden;
nun laßt uns wieder Menschen sein!
Es ist schon zuviel Blut vergossen
auf weitem, stahlzerhacktem Feld.
Zuviele Tränen sind geflossen
von allen Müttern dieser Welt.

Es sind zuviele schon gestorben
in grauer Angst und Todesqual.
Es sind zuviele schon verdorben
an falschem Heldenideal.

Laßt uns die Phrasen jetzt begraben.
Und wenn man uns der Feigheit zeiht,
dann wollen wir den Mut zur Feigheit haben
zum Anfang einer besseren Zeit.

Kinderaugen

Du mußt in Kinderaugen schauen,
wenn du dich recht verloren fühlst,
wenn du einmal das große Grauen
um dich so ganz vergessen willst.

Laß dich von diesem Blick umfassen
und tauche tief, ganz tief hinein;
dann wird die Welt um dich verblassen,
es wird ein Leuchten um dich sein.

Und dann vergißt du deine Sorgen
vor dieser reinen Gläubigkeit,
dann glaubst du selber an ein Morgen,
das dich aus deiner Not befreit.

Schreit!

Warum schreibt ihr noch?
Die Zeit des Schreibens ist vorbei!
Schreit!
Warum schreit ihr nicht?
Schreit!
Die Zeit des Schreiens ist da!
Schreit,
solange ihr noch glaubt,
eine Seele im Leib zu haben!
Schreit!
Bald werdet ihr stumm sein!